# ARTHUR CHEREAU

---

# LA
# GUERRE

## POÉSIE

Dite pour la première fois, en partie, le 19 décembre 1870

PAR M<sup>lle</sup> ROUSSEIL

De la Porte-Saint-Martin

---

**Prix : 50 centimes.**

---

## PARIS

ROUANNE, LIBRAIRE-ÉDITEUR

76, RUE DU FAUBOURG-POISSONNIÈRE, 76

Et chez tous les Libraires

1871

# ARTHUR CHEREAU

---

## LA

# GUERRE

### POÉSIE

Dite pour la première fois, en partie, le 19 décembre 1870

PAR M<sup>lle</sup> ROUSSEIL

De la Porte-Saint-Martin

## PARIS

### ROUANNE, LIBRAIRE-ÉDITEUR

76, RUE DU FAUBOURG-POISSONNIÈRE, 76

Et chez tous les Libraires

---

1870

## 1871

PARIS. — IMPRIMERIE NOUVELLE (ASSOCIATION OUVRIÈRE)
rue des Jeuneurs, 14. — G. Masquin et C<sup>e</sup>.

# LA GUERRE

## I

### IMAGES DE PAIX

Voyez-vous cette mère aux cheveux argentés,
Et ce père... tous deux au déclin de la vie,
Amis par leurs chagrins et leurs félicités,
N'ayant eu qu'un souci, n'ayant eu qu'une envie,
Faire, au vrai de ce mot, des hommes de leurs fils,
— Maintenant arrivés au but de l'entreprise
Et regardant jouer, aïeuls à tête grise,
Dans l'enfant de l'enfant l'image de jadis?
Ils ont bien aimé Dieu, l'honneur, le sacrifice,
N'en sont-ils pas heureux et n'est-ce pas justice ?

   Tout à coup le riant tableau
   S'évanouit comme un mirage,
   Ou comme sous le vent d'orage,
   Le limpide miroir de l'eau.
Qu'est-il passé dans l'air?... quel est ce bruit terrible?...
   — Mais non... ce n'est rien... rêvions-nous?
   Des paysages de la Bible
   Reparais, ô charme si doux !

NOTA. — *Les passages guillemetés dans le cours de la pièce ont seuls été dits à la scène.*

Voyez-vous dans les cieux resplendir la lumière
Du beau soleil d'été qui, depuis le printemps,
Caresse et réjouit le château, la chaumière,
Et les fruits mûrissants et les oiseaux chantants ?
Sous l'or de la moisson, voyez-vous la campagne
S'étendre et les fils blancs s'attacher aux noyers ?
Et la vallée ombreuse aux pieds de la montagne ?
Et la mer aux flots bleus berçant les nautoniers ?
Et la ville où fleurit la fleur toujours nouvelle,
La pensée, inspirant, fécondant nos travaux ?
L'homme abaissant les monts et franchissant les vaux ?...
Quelle prospérité ce spectacle révèle !

     Mais quoi ! ce bruit ? ce bruit encor ?
     Dans l'azur gronde le tonnerre ?
     Et tout cet aspect de la terre
     S'effondre comme un vain décor ?
Le sol tremble, et s'en vont les bandes d'hirondelles ?
     — Non, c'est un trouble passager,
     Et tout ce bruissement d'ailes
     Dans les nids revient se loger.

Voyez-vous, loin des yeux et des voix de la rue,
Et plus loin que les champs retournés en sillons
Sous le tranquille pas des bœufs à la charrue,
Dans la grande volière ouverte aux papillons,
Dans les recoins perdus, dans les bois solitaires,
Voyez-vous deux à deux s'égarer les mystères ?
Quel n'est pas leur amour, aux deux jeunes époux,
Quel n'est pas leur bonheur ?... Mais plus beaux qu'eux encore
Sont les deux fiancés là-bas. Les voyez-vous ?
Tout commence pour eux, leur vie est une aurore,
Ils n'osent se toucher, s'embrasser que des yeux
Et, le cœur débordant, marchent silencieux.
A peine elle a seize ans... Quand viendra l'hyménée ?
O tendres visions de l'âme illuminée !

Qu'entends-je? Voici tous nos blés
Couchés au souffle des tempêtes?
Le ciel s'assombrit, sur nos têtes,
De nuages amoncelés?
Les éléments heurtés perdent leur équilibre?...
— Mon Dieu! que va-t-il advenir?
Oh! laisse-moi retourner libre
Aux choses qui te font bénir!

Voyez-vous... — c'est encor de ces choses, peut-être,
La chose la plus douce et la plus chère au cœur,
La chose qui vraiment ne saurait apparaître
Sans remuer en nous ce qu'il est de meilleur,
—Voyez-vous dans un lit cette enfant qui repose?
Dans un lit tout petit, sous ses longs rideaux blancs,
Une petite fille, un être frais et rose,
Qui, si l'on cherche un nom dans les noms ressemblants,
Amène tout de suite aux lèvres le nom d'ange?
Que son haleine est pure, insensible! et combien
Il est de magnétisme en cette grâce étrange
Qui, si forte sur nous, semble n'en savoir rien!
Elle dort, elle plane, oubliant notre monde,
Et ceux qui l'ont créée, au-dessus du trésor
Se penchent, tout entiers à l'ivresse profonde
De l'avare ébloui qui contemple son or.

O fracas! les lis et les roses
Sont secoués et balayés!
Soudain nous voilà réveillés...
Adieu les ineffables choses!
Quel est ce noir essaim qui du Septentrion
Descend comme une immense trombe,
Comme un aveugle tourbillon?...
Gaulois, est-ce le ciel qui tombe?

Pleurez et gémissez, ô poëtes pensifs!
Plus d'arbres! excepté les cyprès et les ifs!...

## II

### LA GUERRE

« Quel fléau destructeur a franchi la frontière,
« Et menace le sol de la patrie entière?
« Quel tribut au passé faut-il que nous payions?
« Est-ce la faim? la soif? le froid sous les haillons?
« Sans sépulture au loin la mort jonchant la terre?...
« La peste affreuse?...—Tout ensemble... C'est la guerre!...
« La guerre à l'œil sanglant, la guerre au front fatal,
« Qui n'avait jamais eu le cœur aussi brutal.
« Ah! que dis-je, le cœur? Un cœur à cette guerre?
« Non, elle n'en a pas et l'a prouvé naguère.
« C'est un spectre hideux, décharné, repoussant,
« Qui ne demande rien qu'à s'abreuver de sang
« Et qui, n'ayant d'humain qu'un squelette sans fibres,
« N'a qu'une seule horreur, celle des hommes libres!

« Certe il est une guerre empreinte de beauté,
« Celle qui marche au cri : Vive la liberté!
« Qui combat les tyrans, les Attilas farouches
« Et l'ère impériale et les royales souches!
« Elle est noble, elle est grande, elle est digne de nous,
« Et nous vaincrons par elle ou nous périrons tous!
« C'est une vierge austère et de race française
« Qui fit trembler les rois avec *la Marseillaise!*...

« Mais elle, je l'ai dit, c'est le spectre hideux,
« La furie! — étrangère au brave, au hasardeux,
« Qui se cache et qui rampe, et ne montre la tête
« Qu'avec cent contre dix; — qui, vile et deshonnête,
« Longuement espionne et trahit bassement
« Et du massacre fait son divertissement;
« Qui d'être généreuse, enfin, n'est pas si folle,
« Qui ne dira jamais cette belle parole

« De « grâce aux prisonniers ! » mais qui, faisant arrêt,
« Les fusillera tous au fond d'une forêt !

« Pardon, Gœthe et Schiller, mais je vous le demande,
« Que pensez-vous là-haut de la guerre allemande ?
« Si vous suivez des yeux le mouvement humain,
« Le croyez-vous servi par l'attentat germain?

## III

### CE QU'ELLE FAIT

Quel émoi partout ! Que d'alarmes !
Mon Dieu ! dit la mère, mes fils?
Il faut qu'ils partent?... Non !... — Elle s'attache en larmes
A ceux qu'elle entoura de tant de soins jadis.
Après un seul sanglot le père est fort... Aux armes !

Aux armes ! le canon là-bas
A les roulements du tonnerre.
Allons, sœur, embrasse ton frère !
Laisse, toi, fiancé, l'hymen pour les combats !...

Toi, jeune époux, envoie, envoie
Ta femme et ta fille bien loin.
De ton foyer c'était la joie...
Reste seul au péril et pleure sans témoin.

Et vous qui prospériez, ô campagnes fécondes !
Coupez vos bois, vos ponts, rentrez vos bœufs, vos grains,
Désormais les boulets aux courses vagabondes
Laboureront seuls vos terrains.

« O désolation ! la France est envahie !
« La France est à deux doigts de sa perte ! Trahie !
« Trahie !... — Et par qui donc?... — Mais ne le nommons plus !
« Ces noms-là, mieux vaudrait qu'ils ne fussent pas lus

« Dans les écrits des temps, et qu'on pût de l'histoire
« Les rayer à jamais d'une large croix noire !
« Il a trahi deux fois, pour vivre et pour mourir !
« Qu'il souffre maintenant comme il nous fit souffrir !

« Pauvre France ! elle a vu Reichshoffen, la bataille
« Dont les héros vaincus ont déjà pris la taille
« Des combattants d'Homère... Ah ! l'homme ne peut pas
« Rêver de se coucher dans un plus beau trépas !
« — Mais après Reichshoffen, Sedan et Metz !... Silence !
« A l'adverse destin nous ferons violence !
« Nous vengerons Strasbourg, la fidèle cité,
« Et Châteaudun, sublime en sa témérité !
« Nous le refoulerons, le cupide barbare !
« Il enserre Paris, mais Paris se prépare
« Et la ceinture alors pourra bien éclater
« Au point que les débris en l'air iront sauter !

Vienne vite ce jour de la grande colère !
On veut t'abattre, ô France, ô chêne séculaire !
Ce sont des vers rongeurs, dont l'effort souterrain
Du pied jusqu'aux rameaux attaque brin à brin,
Lente destruction... C'est une fourmilière
Innombrable, vorace, émigrant tout entière,
Qui pullule, grossit et gagne à tout moment,
Travail de parasite accompli sourdement...
C'est une âpre nuée aux myriades d'ailes
Et qui dévore tout, comme les sauterelles...
Une lèpre... un cancer... un monstre tortueux
Qui jette autour de nous ses mille bras visqueux !...

Tout périt, tout s'éteint, et les douces images
Et les jeunes amours et les frais paysages,
Et rien n'est plus tantôt qu'un souvenir caché
Au cœur des survivants. La mort a tout fauché.
Les arbres sont détruits et les moissons pillées
Sans que d'autres au sol aient été confiées.

Sur les plaines s'étend la dévastation
Et combien l'on en voit, — lugubre vision ! —
Qui de monceaux humains se gonflent tout entières !
Partout la mort, partout d'énormes cimetières !
Et nous, gens de Paris, suprême légion,
Seuls ! La nuit alentour sans qu'il perce un rayon,
Sans que nous apprenions, dans cette île isolée,
Si jusqu'à nos aimés quelque lettre est allée !
Là-bas qu'arrive-t-il parmi les séparés ?
Pleurent-ils bien souvent, pâlis, désespérés ?
Sont-ils saisis parfois de ce terrible doute :
La famille d'hier, demain l'aurons-nous toute ?

Hélas ! adieu vos fils, père et mère vieillis
Pour les voir, au milieu des revers du pays,
Succomber, jeunes gens, avant votre vieillesse !
Vous ne sentirez plus, filiale caresse,
Leurs bras vous entourer et soutenir vos pas,
Vous avez trop vécu ! Prenez, jusqu'au trépas...
— Il aura pour vous deux bientôt sonné peut-être ! —
Le sombre vêtement qui partout va paraître !
Heureux si dans ce deuil où la foi peut déchoir,
Dieu n'est pas renié par votre désespoir !

Et toi qui cheminais, candide fiancée,
En cueillant dans les prés marguerite ou pensée,
L'air parfois si craintif et le cœur si joyeux
Sous les yeux qui, brûlants, faisaient baisser tes yeux,
Dis, en as-tu passé de ces mornes veillées
Depuis qu'il est parti ? Depuis que les feuillées
Etaient encore aux bois ?... Tu l'attends ?... Prends le deuil !
La terre est aujourd'hui sa tombe et son cercueil.

Toi, jeune époux et père en la ville assiégée,
Qui voulus que ta femme au loin fût protégée,
Et ta petite enfant, dont les beaux cheveux blonds
En boucles devenaient si soyeux et si longs,

Dieu te gardera-t-il à ces deux bien-aimées
Dont tu trouves chez toi les traces parsemées ?
Voici le petit lit qui n'a plus de rideaux,
Où, le soir, vous portiez ce plus doux des fardeaux,
L'enfant rieuse encor bien que presqu'endormie...
Voici le coin du feu que prenait ton amie...
Il n'est pas un objet qui ne soit souvenir
Dans la maison déserte... Oh ! comment contenir
Sa rage, quand on rentre à ce foyer sans flamme,
Près du lit sans enfant, de la table sans femme ?

> Ainsi la guerre a tout pris,
> La guerre lourde et stupide
> Où le soldat intrépide
> Tombe sans gagner le prix,
> Où le canon sous sa lave
> Abat l'élan généreux,
> Où ce n'est plus le plus brave
> Qui vainc, mais le plus nombreux !

> Ainsi, plus de fils aux mères,
> Sans frères seront les sœurs,
> Les femmes sans défenseurs.
> Partout les larmes amères
> Et les longs habits de deuil,
> Le désastre, la ruine
> Et la sinistre famine
> Qui se dresse à notre seuil !

## IV

### QUI LA FAIT

Est-ce assez de misère et faut-il que je nomme
L'auteur de tant de maux ? Est-ce un monstre, est-ce un homme ?
Regardez, le voilà sous le reflet blafard
De la poudre éclairant le sang... C'est un vieillard !...

Quand on s'appelle France, est-ce que l'on succombe
Sous le pied d'un vieillard dont l'autre est dans la tombe ?
Quelle dérision !... — Ce vieillard en transport
Dans le meurtre oubliant l'approche de la mort,
Comme s'il lui plaisait, dans sa féroce envie,
D'expulser avant lui les jeunes de la vie,
Ou bien, en égorgeant lui-même sur l'autel,
D'avoir l'illusion qu'il devient immortel,
Regardez, le voilà ! C'est lui, le sanguinaire,
Qui, conduisant sur nous sa horde mercenaire,
A semé tous ces morts et toute cette horreur...
Répondez : Est-ce homme, est-ce un monstre en fureur ?
O peuple, fixe bien cette figure osseuse,
Ce crâne rétréci sur sa cervelle creuse,
Cette morgue... et le doigt vers cet objet d'effroi,
Pour former tes enfants, dis-leur bien : c'est un roi !...

Oui, ce monstre est un roi, deux mots qui vont ensembl
Puisqu'on voit devant eux le vulgaire qui tremble,
Et ce roi, c'est le roi Guillaume, un justicier
Qui prétend nous tenir sous ses canons d'acier
De la part... savez-vous de qui ? de Dieu lui-même !
Cynisme révoltant ! détestable blasphème !
Oser invoquer Dieu ! Dieu, le suprême bien,
La douceur souveraine et l'idéal soutien,
Pour mentir et trahir, pour tuer à cœur joie,
Et pour tout déchirer comme un oiseau de proie !

Voilà les rois ! voilà ce que peut leur orgueil
Avoir d'hypocrisie et nous causer de deuil !
Tartuffe couronné n'eût point, dans sa faconde,
Trouvé d'autres accents pour abuser le monde.
O pauvres nations qu'ils nomment leurs Etats,
Vous affranchirez-vous de tous ces potentats ?
Est-ce pour votre bien que de vous on raffole ?
C'est que manteau royal vaut mieux que carmagnole,
Et qu'on a dit toujours : être heureux comme un roi !
On tue en vivant bien. On n'a ni faim ni froid.

On savoure l'encens et le sang des pygmées
Et l'on crie *Hosanna* vers le dieu des armées!
— Non, il n'est rien de pire, en nul temps, en nul lieu,
Que de faire le mal en se couvrant de Dieu!

## V

### AU ROI GUILLAUME

« O roi qui, pour gagner le sceptre d'un empire,
« Sur la France est venu fondre comme un vampire,
« Roi, le plus détesté des fourbes oppresseurs,
« Maudit par les enfants, les femmes et les sœurs,
« Et par toutes les voix qui montent de la terre,
« Maudit sois-tu d'en haut par la voix du tonnerre,
« Par les yeux de la nuit, par le soleil du jour
« Et par Dieu, qui jamais n'a béni que l'amour,
« Non la haine et la guerre, et le sang et les larmes!
« Que ton peuple sur toi retourne enfin ses armes!
« Que, honteux de n'avoir été qu'un instrument
« D'ambition royale, il soit ton châtiment!
Qu'ivre du sang versé dans un jour de délire,
Il se jette sur toi, te piétine et déchire,
Comme on voit ces chevaux qu'on veut trop manier,
Se jeter furieux sur le palefrenier!

« Qu'un jour, précipité des vertiges du rêve,
« Tu t'en ailles errant soupirer sur la grève
« Où vont les rois déchus, prêter l'oreille aux flots
« Qui du sombre passé leur semblent les sanglots,
« Noires ombres du Styx à jamais condamnées,
« Césars de tous les temps, de toutes les lignées,
« Fléaux de la justice et de la liberté,
« Dont rougira peut-être enfin l'humanité!
« Qu'auprès de toi se dresse un lugubre fantôme,
« Dernier Napoléon près du dernier Guillaume!

« Que, pour clore la guerre entre Germains et Francs,
« Vous en veniez aux mains l'un et l'autre, tyrans !
« Et qu'avant de mourir votre regard oblique
« Partout ait la douleur de voir la République ! »


Car ne pourriez-vous pas, l'un et l'autre aussi grands,
Dignement terminer la liste des tyrans ?
Vous fûtes à l'envi maîtres en fourberie,
Vous aurez une histoire également flétrie !
Mais, lui, subit déjà son expiation ;
Tu subiras la tienne, ô chef d'invasion !
Et le sort te sera d'autant plus intraitable
Que tu n'as pas eu honte, assis à notre table,
D'abuser lâchement de l'hospitalité
Pour nous espionner ! Combien as-tu compté,
Lorsque t'ouvrait les bras Paris chevaleresque,
D'hommes et de canons chez nous, noble tudesque ?
Et tous ceux qu'a nourris notre pain si longtemps,
T'ont-ils bien renseigné, ces loyaux combattants ?
Avaient-ils d'assez près, pour tes plans de batailles,
Décalqué nos sentiers, nos bois et nos murailles ?
Oh ! la belle croisade et que le sentiment
De l'honneur est profond chez ton peuple allemand !
Va, sois maudit, ô traître ! et dans tout idiôme,
Pour exprimer félon, que l'on dise Guillaume !


Oui, nous nous vengerons et chèrement !... Crois-tu
Que le peuple français se tienne pour battu
Et que nous n'aurons pas assez d'intelligence,
Quelque effort que l'injure impose à la vengeance,
Pour te rendre le mal que tu nous auras fait ?
La République est là, dont tu verras l'effet !
Lorsque sa propagande aura, comme la foudre,
Lancé sur toi l'Idée et mis ton trône en poudre,
Qu'elle aura délivré de ton ignoble frein
L'Alsace et la Lorraine et repassé le Rhin

— Non pas pour conquérir... loin d'elle la conquête ! —
Mais pour te balayer de l'Allemagne honnête.
Alors, fleuve irrité qui rentre dans son lit,
La France sans les rois n'aura plus de conflit ;
Nation magnanime à jamais retrempée,
Elle en profitera pour briser son épée
Et pour donner au monde un exemple frappant
Que l'empereur, non pas elle, faisait le paon.
Et ce sera fini des sanglantes chimères,
Et les enfants pourront soigner leurs vieilles mères ;
On pourra sous les bois, sans peur du lendemain,
S'égarer fiancés en se tenant la main....


# VI

## LE CANON DANS LA NUIT

Encor ce bruit !... Comme il gronde et résonne !
    Encor ce bruit !
Après minuit c'est le canon qui tonne !
    Après minuit !

La pluie au vent cingle et fouette la vitre
    La pluie au vent !
Celui qui meurt charge de son épître
    Le survivant.

Pour le pays, pour la douce contrée
    Où sont restés
Enfant ou sœur, ou promise adorée,
    Trésors quittés !

Quelles lueurs passent dans les ténèbres ?
    Tout est couvert
De sang et d'eau. Tes débuts sont funèbres,
    O triste hiver !

Mais rien n'est grand dans la ville assiégée
    Comme ce bruit
Qui retentit, défense prolongée
    En pleine nuit.

Veilleurs de nuit, dans un temps dont on aime
    Le vieux renom,
Criaient : « Dormez, Parisiens !... » De même
    Dit le canon.


# VII

### INVOCATION

O toi qui règnes seul, roi des cieux, sur la terre,
Dieu de la douce paix et non Dieu de la guerre,
Brille pour nous enfin sous le voile des nuits !
Le droit n'existe plus si nous sommes détruits.
Sans faillir, ô Seigneur, à ton principe auguste,
Tu peux nous protéger, toi l'absolu du juste !
Le vœu de l'oppresseur, tu ne peux l'exaucer,
Car le sang que ta loi nous défend de verser,
N'est-ce pas grâce à lui qu'il a rougi nos fleuves ?
N'entends-tu pas ces cris d'orphelins et de veuves
Qu'il fait monter vers toi ? N'es-tu pas irrité
Qu'il se prétende fort de ta complicité ?
Qu'il célèbre ton nom chaque fois que ses crimes
Grossissent parmi nous le nombre des victimes ?
Lui ! soutenu par toi ! pour tout anéantir ?...
Bientôt vienne sur lui ton bras s'appesantir !
Et nous qui combattons, non pour faire la guerre,
Pour imposer la force au timide vulgaire,
Accroître nos Etats et notre Majesté,
Mais pour vaincre ou mourir avec la liberté,
Pour assurer l'honneur avec la délivrance,
Laisse-nous dire encor : Dieu protège la France !

# VIII

SURSUM CORDA!

France, relève-toi! Ce n'est pas vainement
Que l'on subit, hélas! un long renoncement,
Et l'on garde à ses fils une bien lourde tâche
En se jetant aux bras d'un despote, d'un lâche,
En laissant tout corrompre et tout dégénérer,
Fausser et travestir! Mais on peut s'égarer,
S'éclipser un instant dans l'histoire des âges
Et soudain, plus brillant ressortir des nuages.
Vois-tu déjà Paris, loin des jours dissolus,
D'Athènes devenir cité de Romulus?
Quitter ses oripeaux, sa couronne flétrie
Et reparaître au monde en héros?.. O patrie!
Est-ce qu'on aurait pu t'égorger dans un coin?
Et de Quatre-vingt-neuf sommes-nous donc si loin
Que la France, départ de cette ère nouvelle
Qui, comme en un soleil, mit la lumière en elle,
Soit un peuple affaissé, retombé dans la nuit,
Pauvre papillon mort après avoir produit?

Non, non! de l'ennemi nous briserons l'enceinte!
Peuple, courage et foi! Tu fais la guerre sainte.
Le monde te regarde. En avant, ô soldat!
De ton nom souviens-toi, Français!.. *Sursum corda!*

Paris, Novembre 1870.

IMP. NOUVELLE (Association ouvrière), 14, rue des Jeuneurs.

PARIS. — IMPRIMERIE NOUVELLE (Association ouvrière).
Rue des Jeuneurs, 14. — G. Masquin et Cⁱᵉ.